외계에서 온 **편자이씨**

외계에서 온 펀자이씨

ปินจัยสีห์ มาจากโลกอื่น

**글·그림
엄유진**

문학동네

차례

천진난만한 마음으로 해맑게
국제결혼생활을 시작한 젊은 커플은

초기 모종의 달콤한
낭만에 젖어 있었다

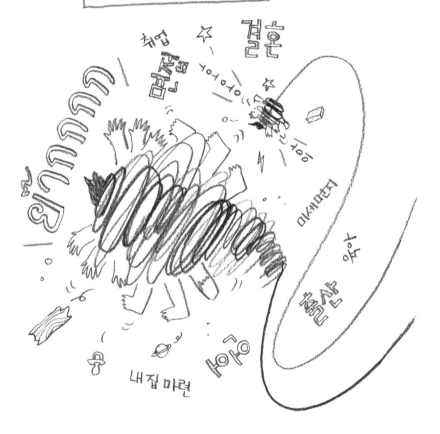

한국에서 7년간의 결혼 생활.
모진 풍파를 맞고 시련을 겪으며

나 지금 초집중 상태니까
생각나는 대로 부르지 말고
몰아서 질문해라.

- 알았어.
โอเค
โอเค

집필중이시다!

잠시 후

엄마
엄마

짠이 : 질문 많은 딸

다섯 살. 어린이집에 다니고 있음.

"내 인생 계획의 중심은 너야."

고민하는 나를 보더니 파콘은 선뜻 자신이 한국에 와서 정착하겠다고
했다. 이런 중대사를 그렇게 빠르게 결정하다니, 믿기 어려웠다. 파콘은
평소 변칙적인 상황 앞에서 스트레스를 받았지만, 이미 세운 계획이나
약속이 있을 땐 기분에 좌우되지 않고 묵묵하게 일을 밀고 나가는
뚝심이 있었다. 태국과 한국은 멀리 떨어져 있지 않으니 우리 중 한쪽의
가족이 있는 곳에 터전을 마련하면 된다고 했다. 파콘은 한글 교재를
구해서, 나는 태국어 학원을 끊어 서로의 나라말을 배우기 시작했다.

> 나는 한국에서 살고 싶다. 내 아내가 한국에서 있는 한국
> 사람이니까 우리가 한국에서 같이 살고 싶다. 나는 팔월에
> 결혼식 비자를 받아서 구월에 한국에 갈 것이다. 먼저 나는
> 한국에서 연세어학당에서 한국어를 궁부한다. 토픽 4급
> 시험을 보는데 합격하면 한국에서 쉽게 취직할 수 있다.
> 한국에서 취직하면 우리가 평화롭게 평화롭게 산다.

'쉽게 취직'과 '평화롭게 평화롭게'라는 글자가 험난한 현실과

대비되어 애처롭게 보였다. 그러나 함께하고 싶은 마음이 앞선 나머지, 국제결혼의 어려움들을 순조롭게 이겨낼 수 있을 거라는 희박한 가능성을 믿어보고 싶었다.

굳은 결심으로 단단했던 우리의 정신력은 혼인신고서 작성을 위해 스무 가지가 넘는 서류를 준비하면서부터 흔들리기 시작했다. 건강검진을 받고, 범죄이력을 조회하고, 서로의 나라를 방문하여 면접을 보는 등의 지난한 절차를 거쳐 첫 신분증인 외국인등록증을 받았다. 카드에 또박또박 새겨져 있는 'Alien Registration Card'라는 글씨는 리들리 스콧 감독의 영화 제목 〈에일리언〉을 연상케 했다. 글씨를 본 파콘은 영화에서 본 에일리언의 표정으로 괴성을 질렀고 나는 웃음을 터뜨렸다. 우리는 서로의 고국에서 에일리언으로 등록되었고, 이것이 고행의 서막이었다.

1장

공학도와 예술가

파콘은 인생의 중요한 가치를 지키고자 하는 방식이
나름대로 확고했다. 우리 부부 사이에는 남녀의 역할이
그렇게 명확하게 구분되어 있지도 않아서, 파콘이 일을
구하지 못하더라도 내가 생계 전선으로 뛰어들 준비가
되어 있었다.

내가 불안에 시달렸을 때 파콘이 신실하게 행동하고
해결책을 제시하여 안정감을 주었듯, 그가 분노로 이성을
잃은 것처럼 보일 땐 내가 차분해질 필요가 있었다.

다행히도 파콘은 한국 생활에 잘 적응해나가는 편이다.
회사 생활도 잘 하고 친구도 생겼다.

우리는 조금씩 같은 곳을 향해 걷기 시작했다.

나 파콘은 초등학교 다닐 때부터 그림 그리는 걸
싫어했다. 아내가 그림 그리는 걸
좋아하는 게 신기하다.

나한테 세상에 없어도 생존할 수 있는 직업
세 개 고르라면, 그중 하나 화가 고르겠다.

이렇게 말하면 아내는 사람이 빵만으로
살아가는 게 아니라고 대답한다. 그런데 사실
빵만으로도 살아갈 수는 있다.

그림만으로는 살아갈 수 없다고 하는 것이
더 정확하다. 세상에 전기 끊기고 재난 오면
제일 먼저 위험에 빠지는 사람은 화가일 것이다.
내가 전기 연결하고 생선 잡으러 가는 동안
화가는 벽에 생선 그리면서 눈물짓고 있을 것이다.

아내는 돈도 안 생기는데 매일 SNS에
그림 그려서 올리느라 시간 다 쓴다. 자기가
유명해지면 이것도 돈이 될 수도 있는 거라고 하지만
그건 우리가 죽은 다음에 이루어지는 일이다.

그래도 나는 아내의
꿈 좋아한다. 꿈이
있는 것이 재미있다.
예술가들은 좀 바보 같지만
지루한 세상 재미있게 만드는 건 바보들이다.

너무 단순한 질문은 때로 당황스럽다.

장황한 대답은 때로 상대방의 마음에 닿지 않는다.

하지만 나에게는 답이 될 때가 있다.

원활한 관계를 유지하기 위해 모든 답을
나누고 모든 취미를 공유할 필요는 없다.

우린 꽤 긴 시간을 공유하면서
누구보다 서로를 잘 아는
가까운 사이가 되었지만

문득 그녀와 내가 다른 나라 사람이라는 걸
느끼게 되는 순간이 있었다.

나에게 고향의 맛인 똠얌꿍, 팟타이가
그녀에게는 이국적인 맛이었을 때.

나에게 새로운 것이
그녀에게 당연한 것이었을 때.

나에게 당연한 것이
그녀에게 놀라운 것이었을 때.

그리고 서로 가진 추억이 달랐을 때

이런 걸로 투닥거릴 때.

하지만 대부분의
이질감들은

작고 소소한 공통점들을
통해 생겨나는 끌림을
막지 못했다.

골수 인문학도들 사이에서 자라온 나에게는, 공학도임을 숨기지 않는
파콘의 단순하고 직설적인 언행과 외국인으로서의 서툴고 과감한
한국어 표현들이 종종 자유롭고 신선하게 느껴졌다. 게다가 꼼꼼하고
계획적인 성향도 나와는 반대였다. 파콘의 시선으로 한국 생활을
그려보면 재미있을 것 같았다. 한국 문화와 우리 가족 사이에서
당연하거나 중요하게 여겨지던 일들이 파콘에 의해 희화화되거나
신기한 일로 둔갑하는 일도 흔했다. 그래서 대단한 관찰력을 발휘하지
않아도 파콘의 관점과 어휘로 같은 이야기의 다른 버전을 그려낼 수
있었다.

장난기 많은 파콘은 어린이들과 곧잘 뛰어놀았다. 낯을 가리긴 했지만
누군가와 조금만 친해지면 위아래를 가리지 않고 격식 없는 농담을
건넸고, 내 특유의 감수성을 자기 관점으로 해석하여 치밀하게 놀리기
일쑤였다. 선을 넘나드는 장난기 때문에 폭발 직전까지 가기도 했지만,
결국 웃음을 터뜨리며 후련함을 느낀 적도 많았다. 파콘의 말도 맞기

때문이다. 어느 날 갑자기 온 세상의 전기가 끊어진다면 나는 파콘의
예언대로 날카롭게 돌을 갈아 벽에 생선을 그리고 있을 것이다.
이러한 상황에서 침착하게 부싯돌로 불을 켠 후 밖으로 나가 생선을
잡아오겠다는 파콘에게, 따지고 들기보다는 공손히 감사부터 하는 것이
지당한 일일 것이다.

파콘은 인생의 중요한 가치를 지키고자 하는 방식이 나름대로 확고했다.
하지만 한국 생활 전반에 스며들어 있는 특유의 유교적 문화나
고정관념들에 대해 잘 몰랐고, 태국에서 전해내려오는 불교 문화나
전통적 관습에도 큰 애착심이 없었다. 우리 부부 사이에는 남녀의
역할이 그렇게 명확하게 구분되어 있지도 않아서, 파콘이 일을 구하지
못하더라도 내가 생계 전선으로 뛰어들 준비가 되어 있었다. 파콘은
일이 없는 날이면 집에서 화장실 청소와 민첩하게 설거지를 하는 등
집안일에 거부감이 없었다. 하루는 방송일을 마치고 고단하게 집으로
돌아오던 중, 상남자 파콘의 박력 있는 메시지에 나는 흐뭇한 미소를
지었다.

    "화장실 청소했어. 너 와서 봐, 객끗해."

한국 생활을 시작하며 한국어 공부를 시작했다.
존댓말부터 시작했다.

아내는 모국어로 나와
대화하는 것을 신기해했다.

존댓말을 사용하니 우리는 서로
공손하고 예의 바르게 대하게 되었다.

그러다가 친구들이 생겼고

반말을 배웠다.

아내는 약간 아쉬워하는 듯 보였지만

대체로 재미있어했다.

다행히 다음 수업 시간엔
매를 덜 부르는
간접 표현을 배울 수 있었다.

지금 파껀은
배가 너무 고파서...

따뜻한 밥이

배 안에
있으면 좋을 것 같아...

나는 아내에게 종종
한국어에 대해 물어본다.

특히 속담이 어렵다.

그런데 아내는 하나를 물어보면

둘을 모른다.

살아가는 수밖에 없다.

신도림역

거스름돈

김치찌개

?

흑돼지

방귀 뀐 놈이 성낸다

궁금할 땐 장(인) - 장(모)
덕쇼내리!

그러니까
이 속담은

잘못을 저지른 사람이
자기 잘못을 가리기 위해
오히려 먼저 화내는
상황을
말하는데

\뿌듯 /

실험을 통한 증명

한글을 공부하기 시작하면서 파콘은 자기 두뇌의 우수함에 도취되었다.
불과 며칠 만에 읽고 쓰기를 터득했기 때문이다. 나는 그 영광을 '어린
백성을 어여삐 여겨 새로 스물여덟 자를 만들어주신' 세종대왕님께 돌릴
것을 권유하였다. 불공평했다. 파콘이 한글 자음 14개에 모음 10개를
마스터한 후 이리저리 조합해서 읽을 수 있게 되었을 때까지도 나는
태국어 자음 44개의 성조와 모양을 다 외우지 못해 쩔쩔매고 있었다.

파콘은 태국과 한국의 문화나 생활 습관을 비교하며 여러 부분에서
나와 경쟁을 하려 들었지만, 한글의 과학성만큼은 깨끗이 인정했다.
70세가 넘으신 어르신들이 한글을 배워 함께 낸 책을 보여주자 파콘은
감탄했다. 태국에선 평생 문맹으로 살아왔던 어르신이 몇 달 만에
글자를 배워 생각을 글로 쓴다는 것이 불가능에 가깝다고 했다.

하지만 한국어의 어려움은 글자를 익히는 데에 있지 않았다. 속담,
한자성어, 관용적 표현, 어형의 불규칙 변형의 단계에 접어들면서

파콘의 스트레스 지수는 가파르게 상승했다. 신혼 시절의 부부싸움은 주로 한국어를 가르치고 배우는 순간에 생겨났다. 파콘의 질문은 끝이 없었고, 나는 몸에 밴 모국어를 체계적으로 설명해줄 수 없을 때가 많았기 때문이다. 취업을 위해 하루빨리 한국어를 습득해야 한다는 부담감을 안고 있던 파콘은 내 설명이 명쾌하지 못하면 분통을 터뜨렸다. 설명이 어려울 때면 내 방식대로 다양한 예시를 통해 파콘이 감을 익히도록 도우려 했지만, 그러한 시도들은 오히려 그를 삼천포로 빠지게 할 뿐이었다. 어떻게든 도우려고 애쓰는 내 마음도 몰라주고 벌컥 화를 낼 때면 그의 말이 칼날처럼 느껴져서 나 또한 참지 못했다. 그것이 우리가 서로 평화롭게 평행선을 그리다가 한순간에 뒤엉켜버리는 순간이었다.

"왜 소를 잃고 소집을 고치냐고! 그런 바보가 어디 있냐고!"
"방귀를 뀌면 뀌는 거지, 화를 왜 내는데? 난 방귀 뀌고 화 안 내는데?!"
"마음을 담아? 마음을 그릇이라 생각하라고? 마음은 그릇이 아닌데 어떻게 그릇이라고 생각해! 그릇은 그릇이고 마음은 마음이지, 마음이 어떻게 그릇인데!"

처음에는 그 '화'의 감정을 나를 향한 모욕으로 느끼고 반응했지만, 사태를 반복하다보니 온순했던 파콘의 공격성은 자신의 어려움을 어떻게 표현해야 할지 모르는 상태에서 내지르는 'SOS' 사인에 가깝다는 것을 알게 되었다. 파콘은 평소에도 감정 해결보다 문제 해결에 주력하는 편인데, 한번에 너무 많은 문제들이 인생을 점철해버린 것이었다.

내가 불안에 시달렸을 때 파콘이 신실하게 행동하고 해결책을
제시하여 안정감을 주었듯, 그가 분노로 이성을 잃은 것처럼 보일 땐
내가 차분해질 필요가 있었다. 화를 내지 않아도 하고 싶은 말을 전할
수 있다는 것을 스스로에게도 파콘에게도 여러 번 되뇌었다. 감정만
가라앉으면 파콘은 비를 뿌린 뒤 맑게 갠 하늘처럼 다시 상냥해졌다.

어느 날 파콘은 결심한 듯, 한국어를 익힐 때까지 태국어와 영어를
사용하지 않겠다고 선언하기까지 했다. 함께 한국어를 공부하는 시간은
시한폭탄을 안고 있는 듯하여 불안하고 피하고 싶었지만, 원만하게
타지 생활을 하기 위해 반드시 건너야 하는 강이었다. 언어는 불화의
원인이기도 했지만 유대의 씨앗이기도 했다. 우리가 이런 시련을 겪는
것도 따지고 보면 결국 함께하기 위함이었다. 성인이 되어 낯선 언어를
처음부터 배우고 그 나라의 사회 구성원으로 살아간다는 것은 뼈를 깎는
고통이 뒤따르는 일이었다.

다행히도 파콘은 한국 생활에 잘 적응해나가는 편이다. 회사 생활도 잘
하고 친구도 생겼다. 운전하면서 화를 내는 모습이나 회사 생활하는
모습을 보면 영락없는 한국인이었다. 나도 안정된 생활을 위해서는
막연한 낙관과 연애감정에서 벗어나야 했다. 내집마련과 경제력 확보를
위해 파콘의 취업관련 정보를 찾고 부동산과 세금에 관한 공부를 하며
가계부 작성을 시작했다. 파콘은 '이제야 아내가 한국 생활의 현실을
조금씩 알아가기 시작했다'며 칭찬을 아끼지 않았다. 우리는 조금씩
같은 곳을 향해 걷기 시작했다.

2장

주변에서 아이가 있는 삶과 없는 삶에 대한 다양한 조언을 들었지만, 결정하고 책임지는 건 부모가 될 사람들이다. 동시에 가족계획은 한쪽이 마음을 접거나 희생해야 하는 문제가 되어선 안 됐다.

하루아침에 모습을 드러낸 아기는 우리의 행성이 되었다. 그리고 우리는 아기의 통신 위성이자 기상 위성 겸 군사 위성이 되었다.

짠이는 사랑에 관해 다양한 정의를 내렸는데, 그중에서 나는 '달콤한 아이스크림을 먹는 것' 그리고 '내가 너에게 주는 것'이라는 말을 좋아한다.

아이와 언어로 원활한 소통이 가능해지면서 봉인되었던 파콘의 다정함이 다시 쏟아져나오기 시작했다. 표현이 서툴긴 했지만 사랑이 담긴 파콘의 마음과, 자신의 감정을 분명히 표현할 줄 아는 짠이의 솔직함이 통했다고 생각한다.

티격태격해도 두 사람은 닮은 점이 많다. 난 짠이의 웃는 얼굴이 좋다. 짠이를 보며 전에 본 적 없는 표정을 짓는 파콘의 얼굴이 좋다.

우리는 만유인력

기다림이 그리움으로

아기가 찾아오기를 기다리고

아기와 만날 날을 기다리고

긴긴 고통이 끝나기를 기다리고

조금만 더
힘내세요!

탯줄이 떨어지기를 기다렸다.

축하드립니다.
딸입니다.

푹 잠들 수 있을
날을 기다리고

으아아아아앙

방긋 번지는 웃음을 기다리고

올룰룰룰 룰룰룰룰

입을 떼기를 기다렸다.

걸음마하기를 기다리고

아픈 병이 낫기를 기다렸다.

그런 기다림들이 끝난 자리를
채우는 것은

그리움 ♥

파콘: 우리 둘이 헤쳐나가기도 벅찬 이 험한 세상을 아기가 살게 하는 것이 옳은 일일까? 우리 미래도 불투명한데, 과연 한 생명을 책임질 수 있을까?

나: 물론 걱정하는 일들이 일어날 수도 있겠지. 하지만 나는 그보다는 활력 있고 의미 있는 삶이 그려지는데? 우린 공통된 삶의 이유를 가지게 되는 거고, 서로 사랑하게 될 거야. 게다가 시간이 더 흐르면 이 문제는 더이상 우리가 선택할 수 있는 일이 아닐 수도 있고…

주변에서 아이가 있는 삶과 없는 삶에 대한 다양한 조언을 들었지만, 결정하고 책임지는 건 부모가 될 사람들이다. 동시에 가족계획은 한쪽이 마음을 접거나 희생해야 하는 문제가 되어선 안 됐다. 한국 생활이 안정기에 접어들면서 우리의 일상은 무미건조해지고 있었다. 나는 변화와 도전을 원했지만, 파콘은 결혼과 동시에 이미 인생의 큰 변화를 겪은 셈이라 더이상의 무모한 변화를 원하지 않았다. 반복되는 일상에 몰두하는 것에서 안정감을 느끼는 듯했다. 하지만 타지에서 친구도 가족도 없이 지내는 것이 쓸쓸해 보였다.

내 나이 서른일곱. 인생의 다음 단계로 넘어가야 하는데 고인물처럼 묶여버렸다는 생각이 들었다. 우리는 많은 상상과 대화를 거친 끝에 결국 아이를 갖기로 결심했다. 하지만 막상 기다리기 시작하니 아이는 찾아오지 않았다. 계획을 세웠으니 결과는 운명에 따르는 것이라는 생각에 오히려 여유로워진 나와 달리, 계획을 세웠는데 뜻대로 되지 않는 현실에 파콘은 초조함을 느꼈다. 파콘은 주 단위로 계산하면서 아이가 오지 않았다는 사실에 실망감을 감추지 못했다.

어렵게 아기가 찾아왔다. 어느덧 열 달이 지나 진통이 시작되었다. 분만실에 도착하여 차분히 짐을 풀고 음료를 마시던 파콘은, 점점 심해지는 진통에 고통스러운 숨을 몰아쉬는 나를 보더니 그게 우리의 마지막 순간이라도 되는 줄 알았나보다. 갑자기 내 손을 꼭 잡고 외쳤다.

"유진, 우리가 알게 된 지 올해 정확히 십 년이 되었어. 지금 두 명에서 세 명이 되고 있어. 꼭 살아야 돼!"

그 말은 파콘의 입에서 나온 말 중 가장 역사학적이고 수학적이며 로맨틱한 표현이었을 것이다. 칭찬해주고 싶었지만, 웃을 겨를이 없었다. 일곱 시간이 넘는 진통 끝에 감자의 형상에 가까운 아기가

태어났고, 주먹만한 작은 아기가 내 가슴에 안겼다. 아기의 심장 박동이
전해졌다. 아기가 내뱉는 힘찬 울음소리에 안심이 됐지만 어쩐지
애처로운 마음이 들어서 "괜찮아, 아가야. 괜찮아."라고 중얼거렸다.
엄마가 옆에 있으니 괜찮다고 말해주고 싶었지만, 스스로를 '엄마'라고
칭하는 것이 아직 쑥스럽고 어색했다. 침착을 되찾은 파콘은 감개무량한
표정으로 아이를 안고서 찬찬히 바라보더니, 나와 눈이 마주치자마자
아이가 옥수수를 닮았다고 주장하기 시작했다. 배 속에서 나오면서
두상이 일시적으로 삐죽하게 눌린 까닭에 실제로 옥수수처럼 보이기도
했다. 감자든 옥수수든 이토록 정교하고 아름다운 구황작물은 본 적이
없다는 데 파콘과 나는 모처럼 의견을 같이했다. 주먹만한 얼굴 안에 눈,
코, 입이 야무지게 갖춰져 있었다. 앙증맞은 발가락과 손가락은 세상과
교신하듯 꼬물꼬물 움직였다.

하루아침에 모습을 드러낸 아기는 우리의 행성이 되었다. 그리고 우리는
아기의 통신 위성이자 기상 위성 겸 군사 위성이 되었다. 이 아이가
자라나 우리의 품을 떠나는 순간까지 곁에서 지켜주는 것이 파콘과
나에게 주어진 새로운 역할이었다.

왜 그런 거야?

감정기복과 생리현상으로 이루어진
존재 같았던 아가는

응가!   / 맘마

언제부터인가

엄마, 엄마도
나처럼 엄마가 있어?

질문을
쏟아내기 시작했다.

그럼~
엄마도
엄마가
있지.

짠이 마음에 모기 물린 날.

질문은 치밀하게
기억은 허술하게.

어쨌든 최고

사랑한다는 말이
영 어색한 나와 다르게

짠이는 거침없다.

지나가는 행인에게도

어린이집 선생님에게도.

종종 그런 거침없음이 부럽고 멋지다.

그네
타기

엄마, 내가
왜 태어났는지
알아?

왜 태어났는데?

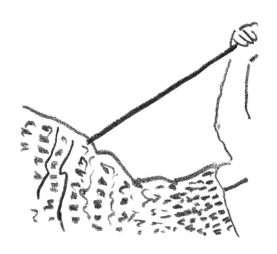

내가 너에게 주는 것

하루종일 근엄한 표정을 짓고 있던 신생아 짠이는, 햇살처럼 미소 지을
줄 아는 다섯 살 어린이가 되었다. 짠이는 천천히 길을 걸으며 주변을
관찰하는 것을 좋아했다. 버려진 종잇조각이나 떨어진 나뭇잎, 바닥에
붙은 시커먼 껌 자욱에서도 곧잘 하트 모양을 찾아내었다. 어린이집
선생님께서 짠이가 낮에 변비로 고생했다는 이야기를 해주시던 날,
짠이는 내 귀를 당기더니 화장실 변기에서 무지개를 발견했다고
속삭였다.

짠이는 사랑에 관해 다양한 정의를 내렸는데, 그중에서 나는 '달콤한
아이스크림을 먹는 것', 그리고 '내가 너에게 주는 것'이라는 말을
좋아한다. 실제로 짠이가 '사랑해'라고 말할 때마다 공기 중에 뜨끈한
파장이 일어나며 달콤한 에너지가 전해져왔다. 짠이가 시야에 들어옴과
동시에 내 안의 걷히지 않던 불안이 명랑한 기쁨의 힘에 속절없이
밀려난 적도 있었다.

물론 기쁨이 찾아왔다고 해서 성가신 일들이 사라지는 건 아니었다.
그래도 즐거운 분주함으로 쉴 새 없이 웃고 뒤치다꺼리로 정신이 쏙
빠지고 나면 우울함과 무기력한 상념들은 어느새 자리를 잃고 멀어졌다.
체력이 달리면 뜻대로 되지 않는 육아에 다시 고단함이 밀려오기도 하고
더러 화를 내기도 하지만 이내 다시 웃게 되었다. 아이가 주는 사랑은
이렇게나 역동적이다.

단위명사의 늪

그것은 어느 날 갑자기
시작된 일이었다.

엄마! 저기
사람이가
한개
가고 있어.

그러네,
사람 한 명.

응가
다 했어?

응! 응가
세장
나와버!

짠이가
단위명사를 사용하기
시작한 것.

늘 정정해주지만 왠지 또 듣고 싶은 오류들이다.

(빨라 보이지만 매우 느림)

그 순간이 한맺혔던 나는
이런 방법을 고안했는데

이 방법은 생각보다
유용했다.

응용도 할 수 없다.

또는

애로사항은 이 정도...

1. 종종 좌우반전으로 표현한다.

2. 알 수 없는 시간을 가르쳐준다.

3. 초바늘의 움직임에 현혹된다.

협상

기분이 안 좋다고 물건을 집어던지면 안 돼.

한번 더 그러면 엄마한테 혼날 수 있어.

알겠어?

울먹

울먹

알겠어, 그런데...

엄마가 나한테 나쁘게 말했고〰

이제 나를 사랑 안 하고〰

씰룩

엄마한테는 선물로 엘사 드레스 주지 않을 거야~!!!

105

∞ 지는 게 이기는 것!

우연히 마주친 실물 크기의 해골 모형을, 짠이는 굳은 표정으로
바라보았다. 핼러윈을 앞둔 10월 어느 날의 대형 마트에서였다. 전기의
힘으로 천천히 팔을 들어올렸다 내렸다 움직이던 해골 눈에선 빨간
불까지 뿜어져나오고 있었다. 황급히 자리를 옮겼지만, 짠이는 꽤
오랫동안 그 잔상에서 벗어나지 못했다. 잊은 것 같다가도 밤만 되면
쪼그리고 앉아서 그 해골이 생각난다며 무서워했다. 재미를 위해 만든
장난감일 뿐이라고, 엄마 아빠가 옆에 있다고 달래봐도 소용없었다.
시간이 지나면 잊을 줄 알았는데 공포는 더욱 심해졌다. 급기야 짠이는
작은 두 손으로 자기 머리를 때리며 엄마가 옆에 있어도 그 해골이
자기를 따라다닌다고, 꿈속에도 나타날 것 같다며 울음을 터뜨렸다.
감기나 찰과상에는 약이라도 있는데 무서워하는 마음에는 방도가
없었다. 핼러윈이 뭐기에 누구나 다니는 마트에 그런 무서운 모형을
전시해놓았는지, 원망스러운 마음까지 들었다.

핼러윈데이를 원망하다보니 마녀로 분장하고 형제들과 사탕을 받으러
집집마다 문을 두드리고 다니던 어린 시절의 기억이 떠올랐다. 어린
시절엔 핼러윈데이를 기다렸다. 열린 현관문 틈으로 무시무시한
해골이 보이면 아이들은 공포에 휩싸여 소리를 지르다가도 이내 웃음을

터뜨리며 즐거워했다. 기왕이면 시시한 것보다는 그럴싸한 공포와
만나기를 기대하기도 했다. 공포를 이겨낸 다음 주어지는 색색깔의
사탕들은 또다른 즐거움이었다. 문득 짠이의 공포는 상상력에서 온
것이니, 이야기로 생긴 공포는 이야기로 없앨 수 있을지 모른다는
생각이 들었다. 저녁쯤 짠이가 다시 해골 이야기를 꺼내며 울음을
터뜨렸을 때, 나는 하던 일을 멈추고 짠이에게 다가가 말했다.

"짠이야, 네가 무서운 건 알겠는데, 해골이가 이제 자기 생각 좀
그만하면 좋겠대. 네가 생각할 때마다 자기가 여기로 와야 해서
피곤하니까, 이제 다른 거를 생각했으면 좋겠대. 산타라든지,
루돌프라든지."

그동안 무슨 말을 해도 듣지 않던 짠이가 갑자기 울음을 멈추고 고개를
들었다.
"나한테 오는 게 피곤하대?"
정말 귀를 기울일 줄 몰랐는데. 시치미를 뚝 떼고 말을 이어나갔다.
"응, 짠이가 생각할 때마다 자기가 여기로 와야 되는데 그게 귀찮대.
너도 귀찮은 거 싫어하잖아. 그리고 자긴 진짜 착한 해골인데 사람들이

생긴 것만 보고 자기를 싫어해서 너무 속상하대.”

“속상하대? 그리고 또 뭐래?”

“짠이 안에도 자기 같은 게 있대.”

“내 안에 있다고?” 동그래졌던 짠이 눈이 더 동그래졌다.

“어. 사람들 안에는 다 뼈가 있대. 뼈가 없음 우리가 서 있지도 못한대.
우린 다 해골 친구래.”

그러고선 삐걱거리는 로봇 춤까지 추자 짠이는 그렁그렁 눈물을 머금은
채 웃음을 터뜨렸다. 반응이 이렇게 좋다면 다음 이야기가 저절로
떠오를 수밖에 없다.

“응, 그리고 해골이도 집에서 자기 엄마랑 놀고 싶으니까 넌 네 엄마하고
놀래. 자꾸 여기 오기 귀찮으니까 그만 생각해달래. 자기를 불러놓고
울고 무서워하니까 속상하대.”

“그래? 그럼 엄마가 그 해골이한테 내가 너무 싫어하는 거는 아니라고
전해줄 수 있어?”

“당연하지. 이제 안 와도 된다고, 그리고 싫어하지 않겠다고 전해줄까?”

“응.”

그 대화 이후로 짠이가 해골 이야기를 꺼내며 울음을 터뜨리는 일이
거짓말처럼 없어졌다.

조로록

자!

한번 더!
한번 더!

빙수야 녹지마

아빠.
나 화장실 다녀올 건데
그동안

빙수가
녹지
않게
잘 지켜
줘이대

애인으로서 천진난만하고 남편으로서 다정했던 파콘이, 아버지로서는
다른 모습을 보였다. 처음 맡는 아버지 역할에 몹시 긴장한 것 같았고,
아기를 엄하게 대했다. 책임감과 성실함을 가지고 육아에 임했지만 아직
어린 아기의 성정을 단정지으며 비판하기도 했고, 아이가 자신의 말에
따르지 않거나 무서워하지 않으면 무언가 잘못되어가고 있다고 여겼다.

파콘이 아버지로서 보이는 행동을 통해 나는 말로만 듣던 파콘의 어린
시절 모습을 짐작할 수 있었다. 나는 파콘이 책임감을 가지고 육아를
해내는 것이 고마웠지만 엄격한 잣대로 대하기엔 아이가 아직 너무
어렸다. 아이가 멋대로 우리 인생에 침범한 게 아니라 우리가 아이를
우리 인생에 초대한 것임을 그에게 여러 번 설명했다.

권위적인 가부장제는 우리 상황에 맞지 않는 가족상이었다. 여러 세대가
한 울타리 안에 모여 살거나 통제되지 않는 형제들 간에 서열 정리가
필요한 경우라면 몰라도, 세 식구가 단출하게 사는 집에서 엄격한
서열이나 권위는 불필요했다. 사이좋고 행복하면 그만이었다.

고민은 오래가지 않았다. 다행히 짠이가 아빠를 크게 무서워하지 않았기
때문이다. 짠이는 아빠가 소리치면 겁먹고 등돌리는 대신 방금 아빠가
화를 낸 정확한 이유를 알고 싶어했다. 이유를 듣고 나면 사과했다.
아빠의 기분이 좋지 않아 보이거나 화를 풀지 않아도 먼저 다가가 "아빠,

사랑해." "아빠 파콘, 사랑해."라고 말을 붙이며 얼어붙은 분위기를 풀어내었다. 나는 양쪽에서 서로의 좋은 의도를 설명해주거나 오해를 풀어주는 일은 할 수 있었지만, 둘만의 관계에서 생겨나는 일에는 개입할 수 없었다. 하지만 꼭 잡아달라며 작은 손을 내밀거나 크게 두 팔을 벌리면 자석처럼 종종 걸어와 안기는 어린 딸을 보면서 파콘 또한 느꼈을 것이다. 힘없고 작은 존재가 겁먹은 눈으로 자기를 피할 때 행복한지, 살을 부비며 함께 웃어줄 때 행복한지를.

가끔 생각한다. 태어나서 대부분의 시간을 가족과 살아가는 거라면, 어렵고 싫은 일이야 어차피 밖에서도 겪을 텐데 가족끼리는 사이좋고 즐거운 시간을 보내야 하지 않을까? 살아가는 데 있어 무엇이 그보다 더 중요할까?

아이와 언어로 원활한 소통이 가능해지면서 봉인되었던 파콘의 다정함이 다시 쏟아져나오기 시작했다. 표현이 서툴긴 했지만 사랑이 담긴 파콘의 마음과, 자신의 감정을 분명히 표현할 줄 아는 짠이의 솔직함이 통했다고 생각한다. 티격태격해도 두 사람은 닮은 점이 많다. 난 짠이의 웃는 얼굴이 좋다. 짠이를 보며 전에 본 적 없는 표정을 짓는 파콘의 얼굴이 좋다.

아기가 우는 이유

엄마
저 아기는 지금
울음을 멈추고 싶은데
멈출수
없어

왜냐면
울기 시작했기
때문이야.

한번 시작하면
자기가 멈추고
싶어도
멈출수가 없어.

으아아아앙
으아

남의 일 같지 않아

짠이에게는 여러 가지 능력이 있다.

예를 들면

① 원심 탈수력

장점: 수건이 필요 없다.
단점: 에너지 소모가 크다.

장점 : 문 닫을 필요가 없다.
단점 : 모기가 들어온다.

장점 : 누워서 놀아줄 수 있다.
단점 : 옷 꿰매러 다시 가야 한다.

그리고

함미 머리가
아야할 땐

④피로 회복력

오구오구오구   오구오구오구

이렇게
하면
되지~

짠!

나타나기

★★★★★

기차와 터널

영국, 케임브리지 가는 길

나무 심기

스위스에서 영국으로 이동하는 도중에 비행기를 놓친 적이 있다. 낯선
언어로 직원들과 언성을 높이던 내 표정을 보며 짠이는 동요했다.
여행이 제대로 시작되기도 전에 '집으로 가자'고 말하는 짠이의 눈이
불안해 보였다. 짠이와 둘이 떠난 첫 여행길인데, 여행을 무섭고 두려운
것으로 기억하게 하고 싶지 않았다. 당장의 내 기분을 풀거나 상황을
해결하기보다 짠이를 안심시키는 게 우선이라고 판단해 숨을 골랐다.
다음 순간 우리는 기차에 앉아 창밖의 풍경을 보며 웃고 있었다.
이런저런 변수들이 생기고 눈앞이 캄캄해져도, 여행을 이어나갔다.

집안에 앉아 뉴스를 보면 세상은 온통 위험투성이로만 느껴지지만,
여행을 떠나 예상치 못했던 상황에 부딪치고 그것을 해결하다보면
오히려 세상을 헤쳐나갈 자신감이 생기기도 한다. 물론 몇 가지
원칙이나 해결법만으로 여행 중 생기는 모든 돌발 상황에 대처할
수 없다. 그러나 갑작스러운 손해나 상실이 생기더라도, 쉬지 않고
다가오는 새로운 문제들에 대처하려면 슬픔과 회한에 빠져 있을
수만은 없다. 중심을 잃지 않기 위해 어서 털어내고 일어나 다음 단계로
움직여야 한다. 넓게 보면 인생도 그런 것 같다.

외동딸을 키우다보면 언젠가 세상에 혼자 남겨질지도 모르는 아이에 대한 걱정이 찾아올 때가 있다. 안쓰러움과 불안감이 엄습하는 것은 짠이가 지금 아이의 모습 그대로 세상에 던져진다고 상상하기 때문일 것이다. 그럴 때마다 기차 안에서 만난 어떤 엄마가 딸에게 해주던 말을 떠올린다.

"터널이 무섭지. 하지만 그거 알아? 무서워도 용감해져야 해. 그리고 그것도 알아? 터널을 다 지나가면 반드시 다시 빛이 나와."

미래의 짠이는 어린이가 아닐 것이라고 생각하며 스스로를 위안해본다. 그리고 함께 있어줄 수 없는 그 언젠가의 시간에 짠이가 독립적인 존재로 살아갈 수 있도록 도와주기 위해서, 지금의 내가 해줄 수 있는 건 무엇인지 생각해본다.

3장

이상한 나라의 장인장모님

"난 파콘이 좋아. 파콘도 나를 좋아한다고 했어. 우리끼리
서로 좋아하니까 넌 우리 관계에서 빠져도 돼."

파콘의 스스럼없는 친화력을 통해서 나도 내 부모님의
새로운 모습을 알게 되었다. 파콘과 나는 언어도 국적도
다르고 자라온 가정환경에도 많은 차이가 있었지만, 열린
마음과 웃음은 어떠한 상황에서도 통한다는 걸 자주
경험한다.

국제결혼을 하고 태국과 한국을 오가면서 가족 문화에
대한 생각의 틀이 많이 깨졌다. 좋은 관계를 위해서는
사회가 정한 규범의 당위나 권위보다 인간 대 인간으로서의
기본적인 존중을 지키는 것이 더 중요하다고 생각한다.

십년 동안 축구 룰을 가르쳤지만,
아내는 이상한 질문만 한다.

머시는 점잖으니까
할리우드 액션 안하지?

응. 그런데
발리우드 액션은
할걸?

게다가 엉뚱한 데서 웃음 터진다.

꺄하하하하하하

발리우드
액션?

아내 집 방문하면 이렇게 쉽게 웃고
이상한 질문 하는 사람들을 만날 수 있다.

아내 집 가보면 장인어른은
늘 자기자신과 싸우신다.

장모님은 그게 장인어른의
직업이라고 하셨다.

그 싸움 돕기 쉽다.

장인어른에게는 구원의 빛이자
영혼의 친구 같은 사람이 있는데, 그건 바로

장모님이다. 장모님은
나처럼 수행능력과
추리력이 좋은데

그 능력은 상당부분 장인어른에 의해
개발된 것으로 보인다. 다행히 장인어른
문제는 거의 다 내가 도울 수 있다.
장인어른은 기계랑 사이가 별로 좋지 않다.

이렇게 설명하면 장모님과 내가 능력자인 것 같지만,
여기서 제일 머리 좋은 사람은 장인어른이다. 왜냐면
귀여움을 사용해서 사람들을 움직이게 하기 때문이다.

아버지는 장인어른이
밖에서 힘 많고
강한 사람이라고 했지만

세계철학자
대회가

그리스 아넌
한국에서
유치되어야
하는
이유는

ISTANBUL

집에서는 늘 문제 만드는
힘 없고 귀여운 사람이다.

어휴 왜 남자들은
쓸모 있는 인간이
돼보려고
안달하며
성가시게
구는지 몰라.

그래도 남자도
뭔가 쓸모가
있으니까
창조주가
만든 게
아닐까?

가만히나
있지 애쓰니까
더 문제예요!

일을 벌였네!

두 분이 놀고 계시는지 싸우고 계시는지
헷갈리지만 내용 잘 들어보면 재미있다.
장모님은 광화문에서 본 이순신 장군처럼
씩씩하게 모두를 혼내주거나 보살펴준다.

장인어른은
착한이시다.

결혼 전부터 항상
내 편이셨다.

장모님과 장인어른이 싸우시면

VS.

우우

에이
아부지

엄나가 맞는
말씀을 하셨는데

큰아들   딸   막내아들

사람들은 대개 장모님 편이지만
나는 무조건 장인어른 편이다.
내용은 이해할 수 없지만
어쨌든 편이 되어주는 것이 중요하다.
편이란 그런 것이다.

집안의 어떤 거대한 힘에 맞서
조용한 동맹관계를
맺은 장인어른과 나는

좋은 친구이다.

이 인사로 장인어른과 나는 하나된다.
하지만 장모님은 이 인사를

진짜 어이없어 하신다.

라고 하지만
내가 요리사였어서
아는데 생선이 익는 시간은
인간이 떠드는 소리랑
크게 상관이 없다.

장모님 반응 이러니까
놀리는 게 재미있다.

가끔 너무 놀렸나 걱정되지만

장모님은 고냥 놀림당하고
슬퍼지는 사람 아니다.

오히려 나의 죄를
돌아보게 한다.

그것은
첫 한국 방문
때였다.

장인어른
생신이라
가족파티가
열렸다.

장모님이 갑자기
내 옆에 오셔서 퀴즈를 냈다.

파룬, 한반도
땅에 본인의 생일이
너무 거룩하고 성스러운
인물이 딱
두 명
남았는데

누구인 줄
아나?

누구예요?

나는 깜짝 놀랐다.
이런 농담 해도 되는지 몰랐다.

장모님은 내 표정 상관없이
또 퀴즈를 내셨다.

나는 계속
깜짝 놀랐다.

아내에게 즉시 물어봤는데
아내는 내 질문을 바로 이해하지 못했다.

난 그때 장모님이
약간 특이한 사람이라고
생각했는데

앞에 더 특이한 분
계셨다.

한집에 이런 분이 두분이나
살고 있었다.

한국에 온 지 얼마 안 됐을 때 장모님이 같이 가서
장인어른 공기청정기 고르는 거 도와달라고 했다.
장인어른 계산 잘 못하신다고 했다.

이 제품은
심플한 대신
저렴하고

새로
탑재된
기능은...

가전제품 올스타전 ☆

저렴?

탑재?

아내는 오랜 고민 후 하나 골랐는데,
너무 빨리 카드 꺼냈다.

그럼 ○○만 원인 거죠?
이걸로 할게요.

네,
알겠습니다

일시불로
해주세요.

161

장모님이 이래서 나를
함께 보낸 것 같다.

아내는 항상 이런 식이다.
이런 식이면
한국생활 믿고 맡길수 없다.

우리는 부자 아니니까 돈 모으려면
항상 노력해야 한다.

하지만 직원은 냉정했다.
타이밍도 놓쳤다.

그해였다.

뒤에 계시던
장인어른이 조용히
나오셨다.

흥정에는
실패했지만
장인어른 스케일 진짜 다르시다.

장인어른한테는 배울 것이 많다.

파콘을 사랑하는 진짜 이유

"딸아이가 어렸을 적부터 저 같은 사람이 이상형이라고 말하는 걸
철석같이 믿고 살았는데, 사윗감을 데려와서 소개하는 순간 평생
속아왔다는 것을 깨달았습니다."
친인척에게 파콘을 소개하는 자리에서 아버지가 하신 말씀이다.
아버지가 옆에 서 있는 파콘을 말없이 바라보는 장면만으로도 사람들은
와하하 웃음을 터뜨렸다.

"신랑감으로 아무나 데려와도 된다. 누굴 데려와도 어차피 싫어할
거니까."라고 장난스럽게 말씀하시던 아버지는 예상과 달리 파콘을
다정하게 대하셨다. 파콘도 화답하듯 '아빠님' '장인어른' 등으로 부르며
살갑게 애교를 부리고 따랐다.

"난 파콘이 좋아. 파콘도 나를 좋아한다고 했어. 우리끼리 서로
좋아하니까 넌 우리 관계에서 빠져도 돼."
아빠와 파콘, 어딘가 개구지고 천진난만하다는 공통점 때문인지 두
사람은 처음 만난 순간부터 쿵짝이 잘 맞았다. 결혼 생활 십 년이 다
되었을 때 아버지가 들려주신 '파콘을 사랑하는' 이유는 짤막하면서도
뭉클했다.

"내 딸이 데려온 사람이니까 좋아할 수밖에 없지. 딸의 결정을 믿으니까.
딸을 존경하니까."

나는 장인장모님 집에서 아내의 뿌리를 만난다.

자주 만날수록
장인장모님을 알아가게 됐고

장인장모님도
나를 알아갔다.

아내는 장인장모님과 내가 한 공간에
있는 모습이 신기하다고 한다.

처음 한국에 인사 왔을 때
장모님이 고집 있고 차가운 사람이라고 생각했는데

알수록 따뜻한 사람이다.

나를 어떻게 유혹하는지도 잘 아신다.

처음에는 장모님이 나를 사랑하는지
잘 몰랐는데 시간이 지나서 정붙어서
틀림없이 나를 너무 사랑하신다.

172

장인어른은 엄청나게 로맨틱한 사람이지만

첫번째 사람은 어떻게
생겨난 것이냐는 짠이의 질문에
소설가는 이야기를 시작했다.

짠이가
클레이로
사람을
만들듯

하느님이
진흙으로
사람을 빚어낸
다음

코에 숨을 훅!
불어넣어
살게 했지!

이 이야기가 짠이에게
반응이 좋으면 그리스 로마
신화이야기로 건너갈 참이었다.

그때 철학자가 개입했다.

과연
그럴까?

185

이 이야기가 짠이에게
반응이 좋으면 철학자 전매특허 놀이인
"너는 어디 있니?"를 시작할 참이었다.

파쿤은 장인어른이 이 이야기에
흥미를 보이면 다원을 소개할 참이었다.

그러나 이야기는 산으로 흘러갔고

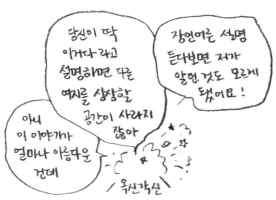

나는 결국 교훈을 남길 수 있었다.

용도: 기분 좋을 때 좌우로 이동.

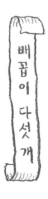

배꼽이 다섯 개

하비! 난 배꼽이 있다.

하비도 있어?

＊하비 : 할아버지

하비도 배꼽이 있지 그럼―

순위제의 폐해

"우리 보통 사람들은 생일파티가 일 년에 하루지만, 너희 할아버지는
생신이 365일이야. 만약 생신이 끝났지? 그럼 다음날부터 바로 다음
생신을 기다리는 파티가 시작될 거야."

파콘이 짠이에게 설명했다. 짠이는 이해하지 못해 고개를 갸우뚱했지만
그것이 장인어른이 인생을 사랑하는 비결이라며 파콘은 혼자 웃었다.
결혼 첫해 당신의 생신을 한껏 즐기는 아버지의 모습에 신선한 문화적
충격을 받았던 파콘은, 해를 거듭하면서 아버지보다 한술 더 뜨더니
이제는 장인어른의 생신 한 달 전부터 수시로 전야제를 열고 뒤풀이까지
책임지기에 이르렀다.

파콘은 점잖은 사위가 아니었다. 한국에서 사위란 어때야 한다는
아이디어도 없었다. 시도 때도 없이 튀어나오는 엄마 아빠의 유머를
잡아채어 추임새를 넣었고, 아빠가 대놓고 애처가인 것을 재미있어했다.
엄마에게 잔소리를 늘어놓거나 놀리는 일도 많았고 아빠에게 장난을
걸거나 애교를 부리기도 했다. 집안의 마지막 남은 이성과 체통을
지키려 노력하던 엄마마저도 파콘 앞에서는 장난기 가득한 개구쟁이가
되어갔으니 '개구쟁이 바이러스'의 전파력은 실로 강력했던 셈이다.

파콘의 스스럼없는 친화력을 통해서 나도 내 부모님의 새로운 모습을
알게 되었다. 파콘과 나는 언어도 국적도 다르고 자라온 가정환경에도
많은 차이가 있었지만, 열린 마음과 웃음은 어떠한 상황에서도 통한다는
걸 자주 경험한다.

국제결혼을 하고 태국과 한국을 오가면서 가족 문화에 대한 생각의
틀이 많이 깨졌다. 좋은 관계를 위해서는 사회가 정한 규범의 당위나
권위보다 인간 대 인간으로서의 기본적인 존중을 지키는 것이 더
중요하다고 생각한다.

4장

돌이켜보면 파콘의 가족들은 말도 잘 통하지 않는 외국인 며느리에게 좋은 곳을 보여주고 맛있는 것을 먹여주기 위해 여기저기 많이도 돌아다녔다.

친지들은 나를 조심스럽게 대하는 것과 달리, 짠이를 허물없이 예뻐했다. 짠이도 갑자기 바뀌어버린 환경이나 오랜만에 만난 태국 가족에게 어색함을 느끼는 것 같지 않았다. 쿤퍼는 집안의 제일 높고 어려운, 웃음기 없는 과묵한 어른이었지만 짠이는 쿤퍼 앞에서도 장난기가 넘쳤다.

짠이의 앞에서만 드러나는 상냥한 쿤퍼의 표정을 볼 때마다 태국 가족들은 의외라는 듯 웃었지만, 쿤퍼의 평소 모습을 잘 모르는 나의 눈에는 손주와 사랑에 빠진 여느 할아버지의 모습 그 자체였다.

파콘은 짠이를 목말 태워 태국의 구석구석을 보여주고 알려주었다. 그 어느 때보다 사랑을 가득히 담아.

날설고 친밀한 나의 행성

이제부터는 내가 외국인

유진! 지금 태국에서는 불 없이도 계란을 익혀 먹을 수 있대!

ㅋㅋ

(4월)

바닥에 계란 구워 먹으러 갈까?

먹기 전에 함께 구워지는 거 아니야? ㅋㅋㅋ

국제결혼이라는 것은 어찌 생각하면 한없이 두렵고 이질적인 것이지만

(임신 5개월)

몸조심하고 먹고 싶은 게 있으면 돈 걱정 말고 파콘에게 다 사달라고 해라.

찌-잉

큰퍼 (시아버지)

어찌 생각하면 인간과 인간 사이에 맺어지는 지극히 평범한 관계들 중 하나이다.

206

임신 후 안정기에 접어든 나는
파콘과 태국을 방문하기로 했다.

여름 옷가지들을 미리 꺼내고
가족들에게 줄 선물을 사러 다녔다.

그리고 인천공항 체크인.

난 늘 짐이 필요했고
그는 홀가분한 것을 좋아했다.

(기내식)

난 가벼운 음식을 선호했고
그는 든든한 음식을 선호했다.

그렇게나 많은 차이들 속에서도
우리가 서로를 좋아하고
사이좋게 지내는 것은

여전히 신기한 일이다.

방 콕

ท่าอากาศยานสุวรรณภูมิ
(수완나품 국제공항)

이제부터는
내가
외국인.

입국 심사대

싸왓띠까

손 높아가
왔나?

어색

성조가
맞았나?

어색

오-
콘 까올리-

(한국인)

수완나품 공항에 도착하면,

결혼 전
처음으로
파콘의 가족을
방문하던
때의 묘한
긴장감과
두려움이
상기된다.

이 더위

이 냄새

이 소리

이 분위기

새로운 가족

211

서먹

서먹

지난 방문 때 친해졌어도 재회의 순간에는
또 서먹서먹하다, 언어 때문이다.
하지만 이 공기와 시간을 몸에 묻히면 이내
능청맞게 아는 태국어를 모두 내뱉게 된다.

집안의 무뚝뚝함을
담당하고 계시는
쿤퍼 (시아버지)

표정은 차갑지만
행동은 따뜻한 사람.

웃는 얼굴이 화사한 쿤매 (시어머니)

적시에 나타나
많은 정보를 제공해주는 사람.

타지생활의 어려움을 먼저 겪어본 파쿤은
내가 느낄 기분을 기가 막히게 잘 이해했고,
한국에서보다 더 많이 표현하고 신경써주었다.

꿔이짭, 로트와일러.
심드렁한 표정의 번견.

그리고
치앙마이
왕할머니

이리 와
안아보자.

관계들이 생길수록 국적에 대한 이질감이
희미해졌다. 머리로가 아니라 마음으로부터.

한 나라의 문화를 이해 하려면

그 나라의 위치를 파악하는 것이 매우 중요하다.

EARTH   THAILAND   SUN
지구   태국   태양

행성 THAILAND는 생명체 거주 가능지역이며
기온상태는 연평균 33℃ 이다.

이 행성에는 코끼리와 도마뱀,
넉쿤과 두리안, 망고, 똠양꿍 등이
모여 살고 있다.

계절은 세 개로 나뉜다.

다가오는 것을 반가워하고
지나가는 것을 아쉬워할 것도 없이
평생 여름이다.

언어는 지구 밖 언어답게 신비롭다.
자음만 무려 44개가 있으며 모음은
자음의 앞, 뒤, 위, 아래에 따로 또는
동시에 위치할 수 있다. 띄어쓰기와
마침표, 물음표, 느낌표 등이 없다.
성조는 다섯 개가 있어 성조나 소리의
길이가 달라지면 그 의미도 달라진다.

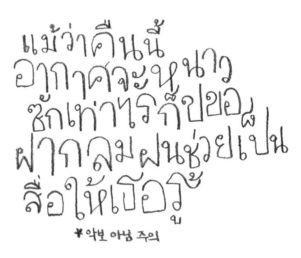

＊악보 아님 주의

자음 44개를 힘겹게 외운 다음에야
한글의 ㅅ과 ㅈ에 해당하는 발음이 없다는
사실을 깨달았다.

รักกกร

락 파꺼-언 뜻: 사랑하다
(짧게 올리면서)

'락'의 ร는 'ㄹ'도 아니고 알파벳의 'L'도 아니고,
'R'로 발음하기엔 아쉬운, 가볍게 날아가는 듯한 소리이다.
'파꺼-언'에 가까운 소리의 이름은
'팝콘'과 아무 관계가 없어 보인다는 것을
행성에 도착한 후에야 깨달았다.

뜨겁다는 기후정보만
입수한 채 착륙했는데

이 행성에서 태어난 외계인 본인마저
더위를 못 견뎌했다.

그 계절은 행성 계절주기 중 가장
무더운 계절이었다.

귀한 체험이기에
나는 영화 <마션>의 주인공처럼
일지를 기록하기로 마음먹었다.

탐사일지 : 태국 1일째

「내 몸이 녹아내리고 있다.
태양이 그 어느 때보다 가깝게 느껴진다.
이 곳은 인간이 살기에 최적화된 곳은
아니라고 판단된다.」

「인간보다는 열대과일들이
살기에 최적화된 곳이다.」

난 태국에 가서야 파콘이 왜 하루에도
몇 번씩 샤워하는 습관을 가졌는지 알게 되었다.

5월
짜뚜짝 :
태국 최대 규모의
주말 시장

어떤 습관들은 파콘이 태국인이라서
생긴 것들이지만

어떤 습관들은 그냥
파쿤이 파쿤이라서 그렇다.

그리고 보면 태국에서는 내가 여름 대표 음식으로
손꼽는 냉면 같은 차가운 면 요리를 접해본 적이 없다.

더위로 겪었던 고단함을
미각의 즐거움으로 보상받으려는 듯

태국은 식문화가 발달했다.
맛의 요소들을 능수능란하게 다루는
맛의 달인들이 많으며

향기
풍미
식감
온도

!
질감
색채
맛

＊다양한 배합
→감칠맛

히히, 별거 아닌거
같은데 맛있지!

음식의 식감과 맛의 조합이
다채롭고 야색적이다.

새콤
+
아삭
+
상콤

쏨땀 ส้มตำ

새콤
+
달달

팟타이 ผัดไทย

찹쌀
+
매콤
+
고소

보트 국수 / 꾸어이띠우르아
ก๋วยเตี๋ยวเรือ

새콤
+
달콤
+
얼큰

똠얌꿍 ต้มยำกุ้ง

찹쌀
+
달콤
+
고소

찹쌀망고밥 / 카우니여우 마무앙
ข้าวเหนียว มะม่วง

부드러움
+
고소

뿌팟퐁커리
ปูผัดผงกะหรี่

다양한 소스, 양념들

미각과 후각의 기능을
섬세하게 활용하는 태국 사람들은
바나나 하나도 곱게 먹지 못한다.

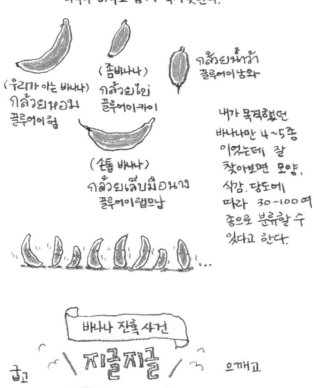

(우리가 아는 바나나)
กล้วยหอม
끌루어이험

(좀바나나)
กล้วยไข่
끌루어이카이

กล้วยน้ำว้า
끌루어이남와

(손톱 바나나)
กล้วยเล็บมือนาง
끌루어이렙므낭

내가 목격했던
바나나만 4~5종
이었는데 잘
찾아보면 모양,
식감·당도에
따라 30~100여
종으로 분류할 수
있다고 한다.

바나나 잔혹 사건

지글지글

굽고
찌고
으깨고
볶고   튀기고
꽂고
말고
말리고
얼리고
섞고
절이고   끓이고
뿌리고
무치고   쪼개고
싸고
지지고   자르고   뭉개고

227

아이스크림도 괴롭힌다.

딱 하나만
먹어보라고~

뜨겁고 바삭하고
고소한 껍질을 베어물면

차갑고 부드럽고
달콤한 것이
입안으로 퍼진다.

안정하고 싶지 않은 맛의 파라다이스
JMT

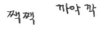

이국적인
열대나무들,

생소한
새 소리,

도마뱀
소리,

맞다,
여긴
태국이지.

으앗
태국이다,
다 모여 계시네.
입이 안 떨어져.
잠옷 차림으로
내려가도 되나?
그렇다고 차려입고
내려가는 건 더
이상하지 않나?
내려가면서
뭐라고 말하지?

가장 어색한 순간은 방문 초기의 아침 시간이었다.
여행자인 것과 가족인 것은 완전히 느낌이 달랐고,
한국에서 넉살 좋았던 파론이 대단하게 느껴졌다.

원래 부끄러움 많은 성격이기도 했고
어색한 환경 속에 내 임신한 몸마저 어색한
상황이었지만

긴장된다고 아이처럼
마냥 숨어 있을 순 없다.

가장 큰 난관으로
느껴졌던 것이
언어이지만

막상 공간을 섞으면 대화는
언어로만 이루어지는 것이 아니라는
것을 다시 느꼈다.

주어진 환경과 친해지려고 노력하는 나와 대조적으로

파론에게는 모든 것이 최적화되어 있는 것 같았다.

아것이 어쩌면 한국에서와는 뒤바뀐 우리의 모습.

파콘은 시부모님이 계셔도 손을 잡거나 애정표현하는 것에
큰 거리낌이 없었는데, 내가 한국에서 하지 못했던
그런 작은 제스처들이 쑥스러우면서도
마음에 안정감을 주었다.

나는 늘 시간을 필요로
했지만,
본연의
모습을
드러내는 데
너무 긴
시간이
필요하지는
않았다.

엄마 잘 봐!
저게 바로
아티스트의
손놀림이라고!

ㅋㅋㅋ

뭔가 격렬히
항의중

새로운 환경, 낯선 언어 속에서 겪은
체험을 낱낱이 기록하려면
책 몇 권으로도 부족하겠지만,
한 가지 분명한 건

웃음소리엔 번역이 필요없다는 것.
사람들은 내가 자른 망고를 보면
어김없이 웃음을 터뜨렸고, 웃음소리가 있는 곳이
내 고향처럼 느껴져 금세 장난기가 발동했다.

망고를 깎아드린 이후로
쿤퍼는 저녁마다
망고 한 봉지씩을
사오셨다.

뭘 하든 순발력 있고 맵시 있는 사람들이 부럽지만
어차피 못할 거면 노력이라도 해야 한다.

모두들 웃고
먹고 놀고
사라진 뒤

아~!

ไม่ต้องกลัว
(겁내지 말고)

— 이렇게

쿤퍼는 내게 조용히 망고 깎는
모습을 보여주셨다.

가지런한 망고가
정말 예뻤다.

มะม่วง สุก : 노란 망고
(마무엉 쑥)

มะม่วง ดิบ : 초록 망고.
(마무엉 딥)

윗배도 나오기
시작했다.
걸을 때 은근히
숨이 차고
다리가 무겁다.

그때 내 배가
이만 했는데...

그때
엄마가!

푸하하하하

그랬더니
여동생이!

임신 출산의 경험담 공유는 나이와 국적을
초월하여 여자들을 대동단결 시키는 듯했다.
나는 당시 태국어 실력이 미숙했지만 못 알아듣는
내용은 없는 것 같았다. 큰매는 타고난 입담꾼이다.

파론의 어린 시절 이야기나
내가 몰랐던 가족 이야기를 듣는 것이 좋았지만

이렇게 말할 때가 많았다.
파론은 엄마를 정말 사랑하고 또 구박했다.

그런데 파곤, 내가 쿤매나 쿤퍼랑 이야기 할 때

`나`를 어떻게 지칭해?

인칭대명사가 너무 많아서

디찬 헤임허, 찬 힘허, 누-커엉, 라오/응기 폼 ㄸ제, 그라폼 키응온ㄸ제 ...
언어구조를 통해 살짝 엿본다면, 태국 문화는
남성성과 여성성의 구별이 강한 편이며
수직적, 계급적 구조가 발달되어 있...

태국에서는 그냥 자기 이름을 부르면 돼.

`저`나 `나` 대신 `유진`을 넣어서.

... 지만 결국 귀찮은 걸 싫어하며
애교 문화가 발달했다.
(★주관적인 해석임)

(서른 중반)

이참에 무에타이도 배워볼까
생각하는 나였다.

＊무에타이 : 타이의 전통 격투 스포츠.

나는 재다.

성공♥

큰매-
(재)유찐이가
빵 좀
사오겠습니다

오

처음 한두 번이 어색하지
이젠 능수능란하다.

큰머,
유찐이가
사진 보내드리
겠습니다.

(틀린 태국어)

큰매,
어제
파콘이랑
유찐이가요

(짧은 태국어)

그러나 한국어로는 여전히
버텨내기 어려워니

저 ○○이가
여러분을
사랑한
답니다?

뿌잉 ♥
뿌잉 ♥

으악
하지마

다 큰 성인이
자기자신을
자기 이름으로
부르지
말라고요

이것이야말로 유찐이의
이중생활이 아닐 수 없는 것이다.

찡긋

유찐과
파껀은
잘 지내고
있어요.

잘 지내시죠?

파콘 : 한국 회사생활 4년차

다시, 서울이다

끼익   끼익

신기하게도,
시간이
지날수록

이곳 삶에도
익숙해진다.

언어의 문제는 빠른 시간에
해결될 수 있는 일이 아니었지만,
한편으로는 잔걱정이나 시간의 압박 없이
편히 보낸 시기였다.

태국생활 초기
가장 인상적이었던 것은
헤아릴 수도 없을 정도로
다양한 종류의
열대과일들,
값싸고 달콤한 간식들.
느긋한 여유로움

두리안
촘푸
구아바
람부탄
타마린
부어러이
망쿳
카놈브앙
카놈크록

그리고

이글
이글

사계절을 관통하는 더위.

더위가 지나가리라는
희망을

버려야
하느니라

더위=인생

HEAVEN

그런가 하면
인테리어 디자인과
냉방시설 또한
기가 막히게
발달했으니,
지상의 낙원이란
방콕 안의
백화점에
있었어라 ♥

유진!

오빠 좀
그만하고
빨리 가자!

태국에 대한 인상은 가족과의 관계에
따라 달라지는 것 같았고, 가족과의
관계는 함께 보낸 시간의 길이와
언어실력에 따라 그 온도도 빛깔도 달라졌다.

그리고 꿔이짭이 날 무시했던 건
성조가 틀렸기 때문이 아니라

그렇게 태국 방문을 마치고

새벽 비행기로 귀국.

(약 다섯 시간 소요)

태국 며칠치 식비가 나간 기분!

당연해서 잊고 있었던
내 언어의 편안함.
약간 쌀쌀하고 청명한 대기.

언젠가는
벗어나고 싶었던 곳.
하지만 오래 떠나 있으면
결국 그리워져버리는 곳.

다시, 서울이다.

공항을 나서자마자 훅 하고 뜨거운 열기가 느껴졌다. 마중나온 파콘
동생의 차는 에어컨 바람 덕에 시원하고 쾌적했다. 창밖으로 이글거리는
태양의 열기 아래 이국적인 열대 나무들이 줄지어 스쳐갔다. 오토바이의
굉음이 도로를 뒤덮었고, 곳곳에 크게 걸린 왕의 전신 사진을 볼 수
있었다. 뾰족뾰족한 금빛 절들은 섬세하고 화려했으며, 주황빛 승려복을
입은 스님들이 느긋하게 거리를 걷고 있었다. 도로변 수레 위에 진열된
각양각색의 열대 과일들과 간식거리가 흥미로웠다. 화려한 백화점 건물
바로 옆에 판자 지붕의 움막촌이 있었고, 으리으리한 외제차 옆에는
안전장치도 없이 온 가족을 짐칸 위에 태운 트럭이 나란히 달리고
있었다. 이것이 내가 기억하는 태국의 첫인상이다.

이 방대한 낯설음을 어떻게 받아들여야 할지 감이 오지 않았다.
자고 일어나니 유부녀가 되어 있고, 남편이 태국인이고, 남편과 함께
태국에서 눈뜬 현실이 어리둥절하기만 했다. 하지만 방문 횟수가
늘어나고 시간이 흐르면서 자연스럽게 주변의 가까운 것부터 하나둘
익숙해졌다. 낯선 체험도 재미있어졌다. 파콘 부모님 댁은 방콕 근교에
있었고, 양가 친척들은 치앙마이에 거주했기 때문에 남쪽과 북쪽의
도시를 오가며 특색 있는 도시들을 가볼 수 있었다.

돌이켜보면 파콘의 가족들은 말도 잘 통하지 않는 외국인 며느리에게 좋은 곳을 보여주고 맛있는 것을 먹여주기 위해 여기저기 많이도 돌아다녔다. 한국으로 돌아와 태국 이야기를 꺼내면 사람들은 너나 할 것 없이 똠얌꿍과 쏨땀, 그리고 파타야와 닉쿤 이야기를 꺼냈다. 사람들은 태국을 친근하게 느끼면서도 여행사에서 제공하는 몇 가지 관광지로서의 이미지와 생활 다큐 속 외국인 노동자의 모습 외엔 사실상 알고 있는 것이 거의 없었기에, 내가 가족의 일원으로 태국을 방문했던 이야기를 들려주면 신기해하고 재미있어했다.

태 국 가 는 날

열 달 안의 재회

카리스마 쿤퍼 (파콘 아버지)의
다음 이야기를
기다려주신 분들께는
죄송하지만

아쉽게도

더이상 이야기를 이어나갈 수 없게 되어버렸습니다.

그것은

바로

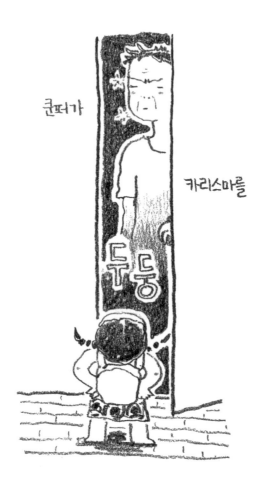

상실하고 말았기 때문입니다.

그거 보세요. 산타 할아버지가 오신다니까요.

할아버지의 손

내가 짠이만
했을 때였나

해가 뉘엿뉘엿
지고 있어 모두의 그림자도
길게 늘어지고 있었다.
말수 적은 할아버지도 느릿느릿
걸어가고 계셨다.

엄마는 할아버지 손을
직접 잡기는 어색했는지

애, 가서
할아버지 손 좀
잡아볼래?

싫은데

부끄러워

늘 혼자 앞서 걸어가는
태국 할아버지의 뒷모습을
보면서 그때 생각이
났는지도 모르겠다.

아궁 손
잡아볼래?

어색해하면
강요할 생각은 없었는데
짠이는 말 떨어지기 무섭게

\그래!/

꾸욱

아궁 옆으로
순간이동 했다.

끼하학학
하하하하

'짠이'라는 애칭은 '예쁜 달'이라는 뜻의 태국 이름 '깐야짠'에서 따온
것으로 파콘의 할머니가 지어주셨다. 파콘이 한국에서 외국인 사위이고
내가 태국에서 외국인 며느리인 것과 달리, 짠이는 양쪽 나라에서 모두
'우리 손주'였다.

나에게는 공기처럼 익숙해진 파콘과 짠이의 표정과 몸짓, 사소한
습관들이 파콘의 가족에게서 보이는 것도 흥미로웠다. 짠이의 긴
엄지발가락은 쿤퍼의 엄지발가락을 꼭 닮았고, 호리호리한 몸통은
파콘의 여동생과 판박이다. 친지들은 나를 조심스럽게 대하는 것과
달리, 짠이를 허물없이 예뻐했다. 짠이도 갑자기 바뀌어버린 환경이나
오랜만에 만난 태국 가족에게 어색함을 느끼는 것 같지 않았다. 쿤퍼는
집안의 제일 높고 어려운, 웃음기 없이 과묵한 어른이었지만 짠이는
쿤퍼 앞에서도 장난기가 넘쳤다.
어른들이 자신에게 보이는 호의와 사랑을 본능적으로
알고 있는 게 틀림없었다. 짠이의 앞에서만 드러나는
상냥한 쿤퍼의 표정을 볼 때마다 태국 가족들은
의외라는 듯 웃었지만, 쿤퍼의 평소 모습을 잘 모르는
나의 눈에는 손주와 사랑에 빠진 여느 할아버지의
모습 그 자체였다.

บนน –
กล้วย

코끼리
보러 가자 ♪

ไป
ดู ช้าง
กัน ♪

파콘은 짠이를 목말 태워 태국의 구석구석을 보여주고 알려주었다.
그 어느 때보다 사랑을 가득히 담아.

파콘은 짠이에게 보여주기 위해 평소라면 관심 없었을 주변의 풍경이나
사소한 현상들에 주의를 기울였다.
정원에 피어난 이국적인 풀꽃 하나하나를 가리키며 이름을 알려주었다.
작은 도마뱀을 보여주기 위해 멀리서 짠이를 부르며 달려오기도 했고,
짠이가 재미있어하면 흥이 나서 더 신나게 자신의 어린 시절의 경험들을
들려주었다. 태국 소년의 소소하고 특별한 추억 이야기를 듣는 것은
나에게도 흥미진진한 일이었다.

한국에서는 보지 못했던 아빠 파콘의 다정함이 봉인 해제된 듯한 모습에
나는 뭉클함과 작은 궁금증이 동시에 들었다.

태국에서 삶을 시작했더라면,
우리의 삶은 얼마나 어떻게
달라졌을까.
내 아이에게 자신의 어린 시절과
문화를 처음으로 소개하는 기분은
얼마나 벅찬 것이었을까.

한글과 망고, 그리고 예쁜 달

영국에서 오랜 시간을 보내다가 파콘과 태국을 방문하고 한국에
돌아오니 한동안 인사말이 헷갈렸다. 특히 어느 나라에서나 방문한 적
있었던 스타벅스에 가면, 커피를 받아든 순간 "땡큐"라고 해야 하는지
"컵쿤카"라고 해야 하는지 "감사합니다"라고 해야 하는지 분간이 가지
않아 내가 어디 있는지 파악하기 위해 일시정지하기도 했다.

국제결혼의 시작은 도전이고 사랑이었지만, 이렇게 긴 시간 인생의
행로가 바뀔 줄은 몰랐다. 어떤 상황들은 나의 선택에 의한 것이었지만,
그에 딸려오는 상황들은 나의 의지와 관계없는 경우가 더 많았다.
결혼을 앞두고 타지에서 살면 겪게 될지 모르는 어려움과 외로움이
엄습해, 문득 잠에서 벌떡 깨는 일도 있었다. 하지만 결혼 직전 쿤퍼가
파콘을 통해 내게 전해준 메시지는 내 마음을 온기로 채워주었다.

　　"우리가 유진을 가족으로 생각하고 사랑하듯이
　　유진의 가족도 파콘을 가족으로 생각하고 사랑할 수 있기를."

쿤퍼는 겉보기에 무뚝뚝하고 말이 없었지만, 나는 쿤퍼를 만날 때마다
뭉클한 메시지와 함께 환대를 받았다고 생각한다. 양가 가족이 주었던
믿음과 지지, 그리고 파콘과 함께 있을 때 느꼈던 편안한 감정들을
믿으며 한 해 한 해를 꾸려왔다. 다시 겪으라면 아찔할 정도로 막막한
고비들을 수차례 넘어왔지만, 돌아보면 여기까지 열심히 걸어온 우리가

대견하다.

파콘과 갑자기 한국에서 결혼생활을 시작하게 될 줄도 몰랐지만,
사랑만 할 줄 알았던 우리가 그렇게 날 세우고 싸우게 되는 날들이
올 줄도 몰랐고, 짠이가 우리에게 찾아와줄 줄도 몰랐다. 또 코로나19
창궐로 2년이 넘도록 태국 가족을 만날 수 없는 현실을 맞닥뜨리게 될
줄도, 엄마가 기억을 잃는 병을 앓게 될 줄도 몰랐다. 경력 단절 때문에
절망스러운 마음을 달래려 시작한 인스타툰이 나의 또다른 커리어가
되어 이렇게 책까지 내며 이야기를 이어갈 기회가 올 줄도 몰랐으니,
살면서 우리가 예측할 수 있는 일들이 과연 얼마나 될까?

국제결혼이 두려워서 자다가 벌떡 일어났던 때처럼, 2년 동안 가족을
보지 못하고 한국에서 고생하는 파콘의 처지가 안쓰러워 잠에서 깰 때가
있다. 그때마다 파콘은 오히려 나를 도닥여준다. 미래는 알 수 없으니까
어쩔 수 없는 상황에 매몰되지 말고 지금 할 수 있는 일들을 기꺼이 먼저
하자고.

감사드린다. 가까이서 우리 가족을 사랑하고 응원해주는 한국의
부모님과 형제들께. 멀리서 기다리며 묵묵히 응원하고 안녕을
기원해주시는 태국의 부모님과 형제들께. 나의 부모를 자신의 부모처럼
살피고 아껴주는 파콘에게. 건강하고 밝게 커주는 짠이에게.

세월이 겹겹이 쌓일수록 우리는 모두 가족이 되어간다. 짠이가 태어난 후에 우리 모두는 조금 더 특별한 관계가 되었고, 짠이를 통해 또다른 자신을 보고 부모님을 보고 세상을 보게 되었다.

당분간 나는 한국에서 엄마 아빠의 시간들을 기록하며 함께 지낼 것이다. 함께 지내는 동안 많이 추억하고 기록하고 싶다. 그리고 또 언젠가는 태국에서 지내며 태국 가족들과의 시간을 이야기할 날이 올 것이다. 만남과 이별은 늘 나를 찾아왔고, 살아 있는 한 이야기는 계속되었으므로, 앞으로도 나는 그렇게 살아갈 것이다.

สวัสดีครับ ยูจีน
안녕하세요, 유진.

สบายดีนะ
잘 지내니?

ขอบคุณมากที่ส่งรูปมาให้ดู
사진을 보내줘서 고맙다.

จันทร์โตเร็วมาก
짠이가 정말 빨리 큰다.

ครอบครัวดูมีความสุขมากเลยนะครับ
가족이 행복해 보인다.

ขอให้ทุกคนมีสุขภาพแข็งแรงนะครับ
모두 건강하거라.

แล้วจะรอต้อนรับนะ
다시 만날날을 기다릴게.

펀자이씨툰2
외계에서 온 펀자이씨
ⓒ엄유진

1판 1쇄 2022년 9월 20일
1판 2쇄 2022년 9월 27일

지은이 엄유진

기획 김소영
책임편집 이보은
편집 김소영 염현숙 오동규 김지애 김해인 조시은
디자인 강혜림
마케팅 정민호 이숙재 박치우 한민아 이민경 박지영 안남영 김수현 정경주
브랜딩 함유지 함근아 김희숙 박민재 박진희 정승민
제작 강신은 김동욱 임현식

펴낸곳 (주)문학동네
펴낸이 김소영
출판등록 1993년 10월 22일 제2003-000045호
주소 10881 경기도 파주시 회동길 210
전자우편 comics@munhak.com
대표전화 031-955-8888 | 팩스 031-955-8855
문의전화 031-955-3578(마케팅) | 031-955-2677(편집)

ISBN 978-89-546-8852-9 04810
       978-89-546-8850-5 (세트)

인스타그램 @mundongcomics | 카페 cafe.naver.com/mundongcomics
트위터 @mundongcomics | 페이스북 facebook.com/mundongcomics
북클럽문학동네 bookclubmunhak.com

• 이 책의 판권은 지은이와 ㈜문학동네에 있습니다.
  이 책 내용의 전부 또는 일부를 재사용하려면 반드시 양쪽의 서면 동의를 받아야 합니다.
• 잘못된 책은 구입하신 서점에서 교환해드립니다.
  기타 교환 문의 031-955-2661 | 031-955-3580

www.munhak.com